E COL
Cole, Babette.
Mama? no me conto?--

S0-AWI-378

MAMÁ NO ME CONTÓ...

Babette Cole

SerreS

Mamá no me había dicho nunca que la vida está llena de pequeños secretos.

Por ejemplo,
¿para qué sirve
el ombligo...

y por qué está ahí?

¿Por qué está mamá tan
ocupada que nunca tiene
tiempo para mí?

¿Por qué tengo que ir yo al colegio...

si a mamá la expulsaron del suyo?

El ratoncito Pérez...

¿se parece a mi dentista?

Mamá no me había dicho que los
niños y las niñas son distintos...

¡aunque a
veces cuando
crecen....

no hay quien
los distinga!

¿Por qué
los adultos
tienen pelo
en las orejas,

y hasta en
la nariz,

pero a veces
les falta en
la cabeza?

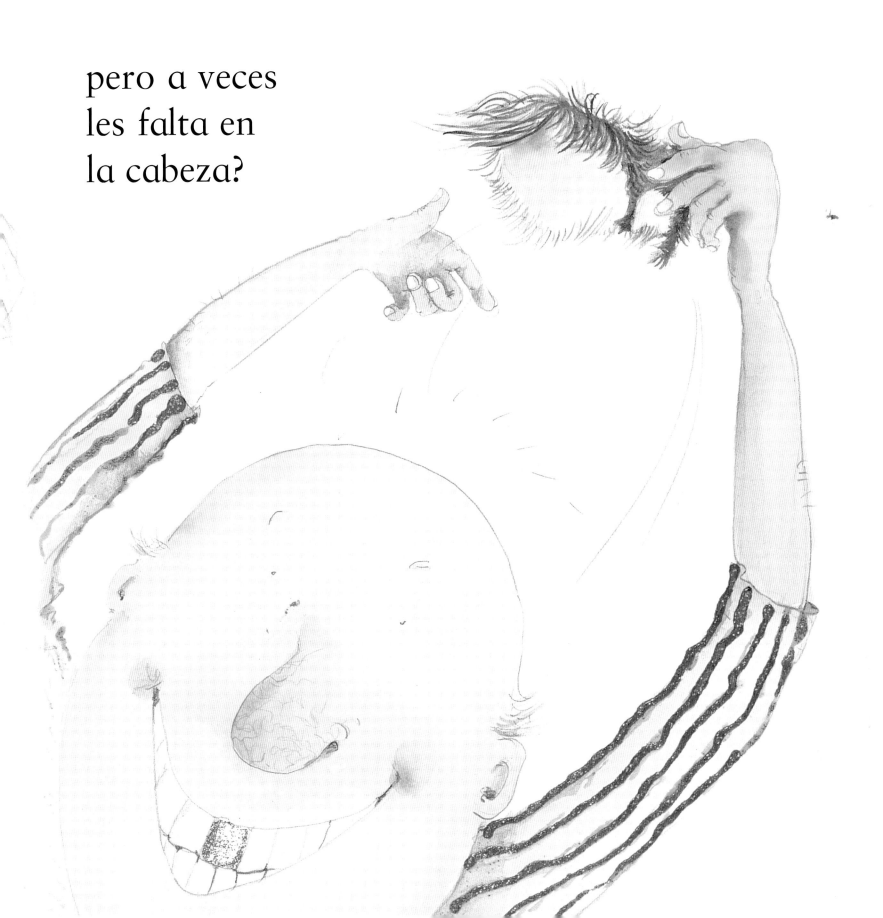

Los médicos, si quieres, pueden conseguirte una nariz nueva.

¡Pero no te explican
qué hacer con la vieja!

Mamá no me ha contado por qué
algunos mayores dejan los dientes
en la mesilla de noche para dormir,

o por qué se tiran horas en el cuarto de baño.

¿Por qué mamá y papá

se encierran con llave en su dormitorio?

BOING

¿Dónde van

cuando salen por la noche?

¿Dónde consiguen sus bebés las mamás
y los papás que no pueden tenerlos?

¿Cómo puedes odiar a alguien…

y al mismo tiempo quererlo?

¿Por qué algunas mujeres prefieren
enamorarse de otras mujeres...

y algunos hombres
de otros hombres?

Pero yo estoy tranquilo.
Mamá me lo explicará todo
cuando llegue el momento.

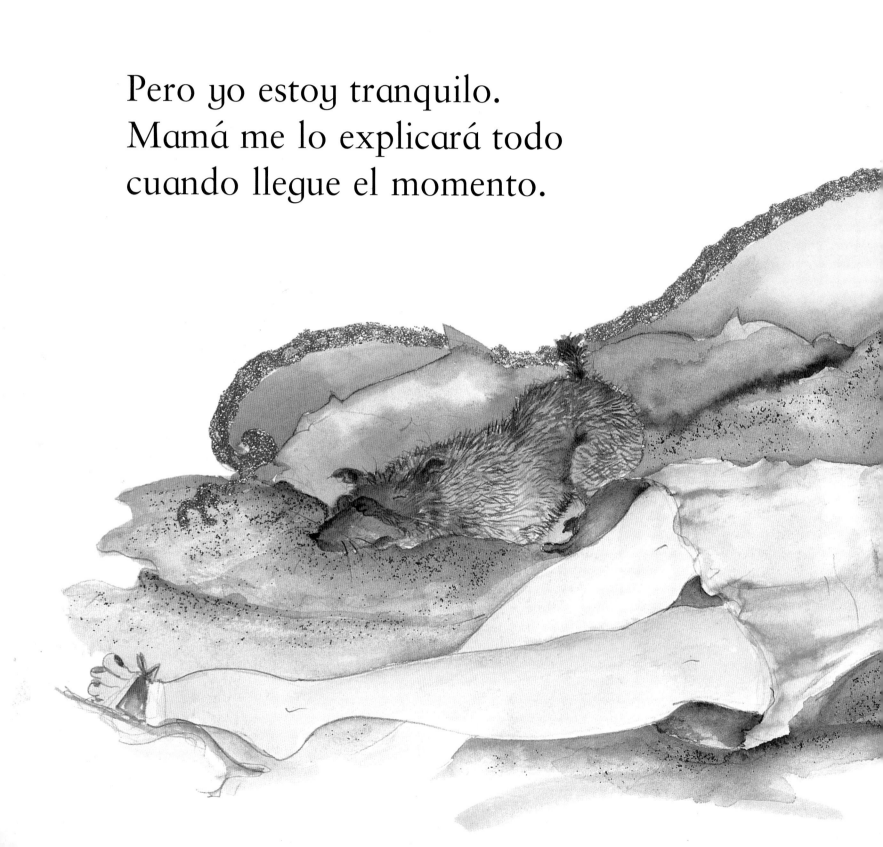

Para Boo

Título original: *Mummy never told me*
Adaptación: Marta Ansón Balmaseda
Fotocomposición: Editor Service, S. L.

Editado por acuerdo con Random House Children's Books

Texto e ilustraciones © 2003 Babette Cole

Babette Cole quiere ser reconocida como autora e ilustradora de este libro
de acuerdo con el Copyright, Designs and Patents Act de 1988

Primera edición en lengua castellana para todo el mundo:
© 2004 Ediciones Serres, S. L.
Muntaner, 391 – 08021 – Barcelona

www.edicioneserres.com

Todos los derechos reservados. Queda rigurosamente prohibida
la reproducción total o parcial de esta obra por cualquier medio
o procedimiento y su distribución mediante alquiler
o préstamo público.

ISBN: 84-8488-117-2

GYPSUM PUBLIC LIBRARY
P.O. BOX 979   48 LUNDGREN BLVD.
GYPSUM, CO 81637   (970) 524-5080